멋쟁이 희극인

멋쟁이 희극인

박지선 글·그림

희극인 박지선의
웃음에 대한 단상들

자이언트북스

지돌이의 친구들

김숙, 김신영, 김영철, 김중혁, 류현경, 박정민, 송은이, 신봉선,
안영미, 알리, 유희열, 윤가은, 이상희, 이윤지, 이은선, 펭수,
박지선 팬모임 '박지선이 알고싶다'

지돌이의 KBS 공채 22기 코미디언 동료들:
곽현화, 김원효, 김준현, 김지호, 박성광, 박영진, 성현주,
송준근, 안윤상, 양상국, 양선일, 이광섭, 이원구, 장도연,
장효인, 정범균, 조윤호, 최효종, 허경환, 허미영

안에 튜브가
내장 되어 있습니다

들어가는 말

박지선 씨의 노트에는 모두 207편의 글이 빼곡하게 쓰여 있었습니다. 노트에는 간단한 일정, 강연을 위한 자료, 직접 그린 그림들, 짤막한 일기 등이 있었습니다. 그중에서도 콩트를 위한 아이디어 메모가 압도적으로 많았습니다. 현재에 대한 기록보다 누군가를 웃게 하기 위한 아이디어가 훨씬 많았던 셈입니다. 트위터에 올린 글과 겹치는 내용을 빼고, 모두 95편의 글을 옮겼습니다.

박지선 씨가 들려주고 싶었던, 그렇지만 들려주지 못했던 즐거운 이야기들을 두고 오랜 시간 고민했습니다. 이 글들이 세상을 만나는 가장 좋은 도구로, 박지선 씨가 늘 함께하고 사랑했던 '책'을 떠올렸습니다. 다른 누구의 생각도 더하지 않은, 온전히 박지선 씨가 직접 쓴 글로만 내용을 구성하기로 결정했습니다.

웃고 싶을 때, 그리고 웃을 수 없는 순간에 이 책이 함께하길 바랍니다. 책을 펼치면 입꼬리를 한껏 끌어올려 크게 웃어주세요. 멋쟁이 희극인에게 닿을 만큼.

2021. 11. 01. 멋쟁이 희극인을 기억하는 친구들.

가족 미스터리

● 유람선 짜파게티

엄마가 끓여준 짜파게티엔

유람선을 띄워도 충분할 것 같다.

● 변기 수압

화장실 변기 수압이 좋지 않다.

그 때문인지 엄마가 나를 짐승 보듯이 쳐다본다.

● 봄 날씨

속았다. 내복을 다시 꺼내자. 엄마가 이제부터 봄 날씨
라고 했는데.

● 어깨춤

입속이 헐었다고 말씀드렸는데 밥상엔 얼큰한 김치찌
개가 올라왔다. 한 숟가락씩 뜰 때마다 엉덩이가 들썩거
리고 어깨춤이 절로 난다.

● 세계 8대 불가사의

엄마는 왜 꼭 자기 할 말만 하고 통화를 끊는가?

엄마는 왜 꼭 내가 자고 있을 때에만 청소기를 돌리는
가? 너는 왜 이 시간까지, 자고 있는가.

엄마는 왜 내가 아끼고 안 입는 옷들만 꺼내 입는가.

근데 왜 나보다 잘 어울리는가.

엄마 승! 축하합니다. 짝짝짝.

● 준비가 너무 철저하면 병을 만난다

(왼쪽 발목아 미안해)

오른쪽 발목을 삐끗한 것 같다고 하니까

엄마가 파스를 붙여 주며

"왼쪽도 삐기 전에 미리 붙여 놓자." 하신다.

뭐지 이 그럴듯함은. 되게 그럴듯하다.

결국 왼쪽 발목에도 파스를 붙여 놓았고,

파스를 붙이고 얼마 되지 않아 멀쩡했던 발목이

욱씬욱씬하기 시작한다.

"엄마 이상해. 왼쪽 발목도 욱씬욱씬하다." 했더니

엄마가 "그거 봐라. 미리 붙여 놓길 잘했지." 하는데.

(뭔가 되게 억울하다. 병 얻은 것 같아 억울해.)

● 섹시한 할아버지

날이 춥다고 엄마가 무스탕 조끼를 하나 사 주셨다.

"요즘 젊은 애들이 이런 거 많이 입더라. 아이고 섹시하네."

엄마는 내가 무슨 옷만 걸치면 죄다 섹시하다고 얘기한다. 산뜻한 마음으로 조끼를 걸치고 출근하는데 동네 경로당 가시는 할아버지 한 분이 나랑 비슷한 조끼를 입으셨다.

"요즘 젊은 애들이 이런 거 많이 입더라."

엄마의 말이 스친다.

"아이고 섹시하네."

엄마의 말이 또 스친다.

확실한 사실은 저 할아버지가 나보다 섹시하다.

● 딸기테러

엄마한테 배고프다고 징징거렸더니 엄마가

"냉장고에 딸기 있다. 꺼내 먹어." 한다.

배고프니까 딸기가 맛있다. 입속에서 쥬스처럼 갈려서
목으로 넘어간다. 그렇게 삼십 개쯤 먹었을 무렵 엄마가
말한다.

"어 그리고 그거 안 씻은 거다. 씻어 먹어라."

씻어 먹어라...씻어 먹어...씻어....씻!!!!!!

● 사과테러

일과를 마치고 집에 도착하니 밤 12시가 다 되어 간다. 피곤하다. 얼른 눕고 싶다 라는 생각 뿐일 때 엄마가 방문을 열고 들어온다.

"우리 딸 과일 먹자. 비타민 섭취를 해야 건강해지지."

자려고 누웠던 몸을 일으켜 엄마가 깎아준 사과를 먹는다.

엄마의 사랑이 느껴지는군.

사과를 다 먹어갈 무렵 엄마가 얘기한다.

"근데 엄마가 어디서 봤는데 밤에 먹는 사과가 그렇게 몸에 안 좋대. 오호홍."

왜 웃어!!! 왜 웃냐고!!!

엄마의 사랑은 독처럼 치명적이다.

● 뭐가 이상하긴 한데

어머니 아버지가 여행을 떠나셨다.

부부동반 모임으로 버스를 타고 강원도 놀러 가셨다가

몇 밤 자고 오신다고 했다.

엄마에게 잘 도착하면 꼭 잘 도착했다고 연락 줘. 했다.

연락이 없는 동안 일이 통 손에 잡히지 않는다.

내가 먼저 연락을 한다.

잘 도착했어?

응. 지금 숙소 와서 밥 먹고 있어.

도착하면 연락 달라니까.

어. 깜빡했네. 걱정하지 마.

싸우지 말고 사이좋게 잘 놀다 와.

뭐가 익숙한데 뭐가 이상하긴 한데 이 모든 것들이 다

익숙하긴 한데 무언가 뒤바뀐 이 느낌.

● 마중 나오지 마

요즘 밤길이 꽤나 무섭다.

우리 집을 가기 위해선 꽤 좁고 어두운 골목을 지나야 한다. 그날따라 유난히 겁이 났다. 왜 그랬는지는 모른다. 엄마에게 전화해서 마중 나와 달라고 부탁했다. 버스에서 내려 골목길에 다다르니, 골목 입구에 서 있는 엄마의 실루엣이 보인다. 마음이 한껏 놓이려는 것도 잠시. 유심히 엄마의 실루엣을 쳐다보니

"학교 다닐 때 저렇게 생긴 언니한테 돈 뺏긴 적 있는 것 같다."

어쩐지 가끔 엄마가 쳐다보기만 해도 무서웠다.

● 야속

볼일이 급했지만 집에서 편안하게 보기 위해 참고 참았다. 집에 도착했을 무렵엔 극에 달했고, 화장실 문을 열고 이제 살았다 싶었을 쯤 엄마가 화장실 변기 수압이 약해서 방금 변기 뚫는 약 사다가 뿌려 놨다며 볼일을 못보게 한다.

세상에 이렇게 누군가가 야속하게 느껴진 건 살다 살다 처음이다.

● 만두

어렸을 때 아버지가 사 온 만두를 할머니랑 둘이 마주
앉아서 먹었는데 할머니가 날 뚫어지게 쳐다보는 거다.
"할머니 내가 먹는 게 아까워?"
"그래 아깝다!!!!!!!! 내 만두!!!!!"

● 아빠 나 어디가

아버지 친구 분 전화 받으셨다.

"어 잘 지냈나. 아이구, 그렇구만 축하하네. 언제 그렇게
키웠나 마냥 애기 같았는데. 그래 그날 꼭 갈게. 어? 우
리 딸, 우리 딸도 이제 가야지. 곧 갈 거야." 하는데

아빠 나 어디 가? 유학 가? 군대 가?

뻥 좀 그만쳐^.^

● 아빠 연기 대상

아버지 친구 분 전화 받으셨다.

"아이고 축하하네. 아 그럼 그럼 우리 딸도 곧 가네."

아버지 친구 딸들 더럽게 시집 많이 가는 요즘

아버지 또 뻥친다. 곧 가다니 뻔뻔하다.

그러면서 아버지 말씀하시길

"우리 딸이 지금 남자가 많아서 고르고 있는 중인데 하

하하하하하"

뒤에 웃음이 약간 인위적이긴 했지만 그래도 울 아빠

연기 잘한다.

소름 끼쳤다. 완전 이순재!

● 엄마의 계략

귀신 같았다 정말.

방이 너무 지저분하네 좀 치워야지 생각하면 엄마가 다가와서 방 좀 치워라 좀! 돼지우리 같이 해놓고! 그러면 딱 치우기 싫다.

오빠 어디만큼 왔나 전화해 봐야지 생각하면 오빠한테 전화 좀 해라. 하나밖에 없는 오빠 인즉까지 안 들어왔는데 넌 걱정도 안 되냐 하면 전화 안 한다. 하기 싫다.

그런 우리 엄마 나한텐 공부 좀 해라 공부해 공부 소리 한번도 안 했다.

그래서 나 공부 무지 열심히 했다.

엄마 천잰데?

● 엄마 처방 1

일부러 그 말이 듣고 싶어서 물어보거나 말을 걸 때가
있다.
나도 "아니야. 너 안 못 생겼어." 라는 말이 듣고 싶어서
엄마에게 "요즘 나 최고로 못생긴 것 같아."
했더니 엄마가 말한다.
넌 언제나 나한테 최고였어.
고맙다고 엄마!!

● 엄마 처방 2

요즘 감기로 고생 중이다. 엄마가 라디오 디제이까지 하는 애가 프로답지 못하게 감기가 뭐냐고 꾸중하시며 엄마가 해 주는 음식 무조건 잘 먹으라고 한다. 무조건 잘 먹으면 낫는다고. 그래서 요근래 무조건 잘 먹었더니 살쪘다.

● 엄마 처방 3

늙으니까 겨울에 안 생기던 비염까지 생겼다. 엄마가 라
디오 디제이까지 하는 애가 프로답지 못하게 비염이 뭐
냐고 꾸중하시며 빨리 비뇨기과 가서 치료하라고 하신
다. 비뇨기과라. 사실 평소에 궁금하긴 했다.

● 엄마 처방 4

엄마가 물 많이 마시면 건강해진다고 하루에 3L씩 마시라고 했다.

일주일째 체험한 결과, 오줌이 굉장히 자주 마려워서 밤에도 자다 깨다 자다 깨다 반복하니 자연스레 숙면을 취하지 못해 몸은 피로하고 급노화가 진행됐다.

라디오를 진행하거나 TV 녹화를 할 때도 수시로 "죄송합니다."라고 말하고 방송을 끊고 화장실에 가야 해서 눈치를 봐야 했다. 결국 엄마가 나 물 멕였다.

● 숨어

엄마에게 나의 숨은 매력은 뭐냐고 물었다.

"예쁜 얼굴." 이라고 답한 뒤,

내가 좋아할 겨를도 없이 바로

"그러나 너무 숨어 있기 때문에 통 보이지 않지."라고

한다.

● 농약

아버지가 말씀하신다.

사실 주말농장을 하는 이유는 일이 없어 무료한 내 일상을 위한 것도 있지만, 우리 딸 농약 안 친 건강한 야채 먹이려고 그런단다.

감동이다.

나를 위해 매일 새벽 농장에 나가 야채들을 가꾸신다니.

힘들어하실 아버지를 위해 농장에 맛있는 것을 사 들고 깜짝 방문했을 때 아빠는 인간 스프링클러처럼 농약을 뿌리고 계셨다.

실로 장관이었다.

● 우산

장마다. 비가 아프게 내린다. 맞으면 아프겠다.

가장 큰 우산을 찾고 있는 나에게 다가와 엄마가 말한다.

"이런 날은 우산 써도 비 다 맞는다. 그냥 가."

"그리고 어차피 잃어버릴 건데, 그냥 가."

진짜 엄마랑 싸울까. 계급장 떼고.

● 라디오 뉴스

라디오 진행한 지 2년이 넘었다.

아직도 사람들이 라디오 하는지 잘 몰라서 아버지가 홍보 대사를 자청하고 홍보를 하고 다니신다. 엄마가 아빠 홍보하는 모습을 한번 보았는데

"우리 딸이 저녁 8시부터 SBS 러브FM에서 라디오 진행합니다. 꼭 들어 보십시오."라고 했단다.

내가 하는 라디오는 6시부터다.

8시부터는 라디오 뉴스가 방송된다.

아빠 지인들.

개그맨이 뉴스도 잘한다고 딕션 좋다고 무지 신기해했겠다.

● 보약

엄마가 해 주는 밥이 보약이구나.

그래서 쓴맛이 났었구나.

● 티 안 나

아니야. 너 안 못생겼어. 라는 말을 기대하며 엄마에게
요즘 나 부쩍 못생겨진 거 같아 했더니 엄마가 하는 말
"괜찮아. 티 안 나."

• 고추1

"이 고추 하나도 안 맵다 먹어 봐."

하면서 건네주는 엄마 얼굴에 땀이 비 오듯 하고 신음

소리가 점점 거칠어진다.

"그냥 엄마 다 잡숴."

● 고추2

엄마가 갈아 준 녹즙 맛이 예사롭지 않다.

"엄마 여기에서 청양고추 맛이 나."

했더니

"청양고추를 넣었으니까 그런 거." 한다.

"녹즙 엄마 다 잡솨."

● 나들이

뉴스를 보니 오늘 날씨가 아주 좋았다고 한다. 엄마가
하루 종일 뒹굴거리며 집에만 있는 나를 안쓰럽게 쳐다
보더니 뭔가 결심했다는 듯 집에만 있지 말고 나갔다
오라며 손에 음식물 쓰레기를 쥐어 줬다.

신난다.

오랜만입니다
감기 조심하세요

때론 귀여울 때도,

● 방구 콤보

가족들이 명절 때 다들 무리했나 보다. 화장실이 아주 인기만점이다. 보통 건강한 사람들의 방구 소리는 뿡이 맞다. 근데 울 아부지는 '박'한다. '박' '박' '박' 날 부르는 거 같기도 하다. (처음엔 날 부르는 줄 알고 안방에 달려갔었다.) 명절 때 무리하셨는지 방금 박 9콤보까지 들었다.

● 김치찌개 속 돼지고기

엄마가 내일 아침에 먹는다고 김치찌개 끓여 놨다. 맛만 보려고 하다가 돼지고기를 다 건져 먹었다. 내일 새벽에 일어나서 몰래 출근해야지~

● 인디밴드

음식물 쓰레기를 버리러 나가는 엄마. 옷을 대충 아무거
나 잔뜩 껴입었는데 홍대 인디밴드 보컬 느낌 난다.

● 발렌타인데이

2월 14일 설레는 마음으로 집을 나선다. 초콜렛을 산다. 집에 온다. 아빠에게 준다. -끝-

● 떡볶이집 아줌마는 그날 웃었네.

우리 아빠는 약주를 잡숫고 취하시면 항상 집에 오는 길에 먹을 것을 사 오신다. 아빠가 약주 드시고 퇴근하는 날을 늘 기다리곤 했는데 (아이스크림 한두 개로) 치킨 한 마리로 시작하더니 주사가 점점 심해져서 오늘은 떡볶이만 이만 원 어치를 사 오셨다. 순대 튀김과 조우하지 않은 순수한 떡볶이 결정체. 떡볶이 테러를 당한 엄마의 표정이 굳어지니 갑자기 아빠가 떡볶이를 정말 맛있게 잡숫기 시작한다. 마치 세상에서 떡볶이를 제일 좋아하는 사람처럼. 떡볶이를 드시는 아빠의 눈시울이 붉어지는데 그것은 떡볶이가 매워서인지. 먹어도 먹어도 줄지 않기 때문인지 엄마가 들어가서 안 자고 계속 쳐다보고 있기 때문인지 알 수 없다. 마치 떡볶이 판매를 위해 애쓰는 홈쇼핑 가족처럼. 한 가지 확실한 건, 그날 떡볶이집 아줌마는 빵끗 웃었대.

● 나의 살던 고향은

20년 만에 나의 옛 동네를 방문했다.

빨간 벽돌로 지어진 내가 살던 빌라를 보며

와 역시 벽돌집이 튼튼하구나 감탄하며 동시에

살던 집 벨 누르고 토꼈다.

20년 전 살던 곳에 도착하니

정신 연령도 20년 전으로.

앗. 그런데 엄마 혼자 두고

나 혼자 토낌.

● 씨팔! 다 때려쳐!

개그콘서트 또 까였네.

엄마, 코너 짜기 힘들다.

라고 했을 때 위로보다는

씨팔 다 때려쳐.

라고 말해 주는 우리 엄마.

그 사람들이 너 놓치면 손해 보는 거야.

이런 엄마 덕분에, 엄마 말에는 왠지 반항하고 싶어지는 심리 덕분에 때려치지 않고 열심히 해야 할 거 같은 마음이 든다.

위로보다 낫네.

다 때려쳐!!!

● 아버지의 운동화

아버지 운동화가 다 낡았다. 심지어 가만 쳐다보니 나이

키도 좀 희한하게 생긴 것 같다.

아버지 운동화 하나 사다 드렸다.

아버지 처음으로 새 운동화 신고 안양천 걷고 오신 날.

오시자마자

"나 운동화 잃어버렸다." 하신다.

"아이구 어쩌다가요."하면서 보니

운동화를 신고 계신다. 그러면서

"앗 신고 있었네. 너무 가벼워서 난 잃어버린 줄 알았네.

허허허." 하시네.

아이고 귀여우셔라.

● 도둑질

엄마한테 "늦었는데 안 들어오고 어디냐." 라고 문자가
왔다.

내가 "회식 중인데, 재미없어. 집에 가고 싶어." 라고 보
냈더니 갑자기 엄마가 전화해서 엄청 큰 목소리로 "울
딸 오늘 엄마 생일이잖니. 일찍 들어와라!!!!!" 한다.

내가 "오늘? 엄마 생일 아니잖아." 했더니 엄마가 아까
보다 더 큰소리로 역정을 내며 "에이씨!! 도둑질도 손발
이 맞아야 해먹지!!!!" 하더니 끊었다.

● 아빠 다 컸네

아버지 생신이라 같이 선물 사러 갑시다 했더니

안 돼. 나 오늘 내 친구들이랑 놀아야 해. 생파 있어. 하
신다.

아빠가 친구들이랑 사이좋게 지내서 참 좋다.

그리고 생파라니. 하하하.

라면 끓일 때 넣는 그 단어를 저렇게 자유롭게 사용하
시다니.

우리 아빠 정말 다 컸네!!!

● 빤쓰×기타 콜라보

아버지 생신 때 빤쓰랑 기타를 사 드렸더니

정말 기뻐하시며

자꾸 빤쓰 바람으로 기타를 튕기신다.

"또하-또하-또하-"

실로 장관이다.

그리고 그날 이후 기타엔 먼지만 쌓여 갔다.

● 모자×싸인 콜라보

아버지 생신, 최고급 등산 모자를 사 드렸다.

엄마가 모자 안쪽에 네 싸인까지 해서 드리면 정말 의미 있고 딸의 사랑과 온기가 느껴져서 더 좋아하실거라고 해서 싸인해서 드렸더니.

모자는 이쁜데 왜 낙서해놨냐고 노발대발하신다.

● 영어 공부

오늘은 엄마가 영어 공부를 시작했다며 이제부터는 영어로만 얘기할 거라고 다짐한 지 삼 일째다. 그리고 엄마가 말이 없어진 지 삼 일째 되는 날이다.

멋쟁이다.

● 엄마 공부

엄마가 이제부터 상식 공부는 열심히 할 거라고 했다.
내가 웬일로 했더니
혹시 퀴즈 프로에 나간 누군가가 자신에게 전화 찬스를
쓸지도 모른다며 미리 대비해야 한다고 했다.
멋쟁이다.

● 걷자

요즘 엄마랑 운동 삼아 집 앞 하천을 한 시간씩 걷는다.

운동할 때는 힘들어서 한마디도 안 하던 울 엄마 운동

나흘 만에 나에게 처음 건넨 말.

"야 근데 운동하는 애들 중에 잘생긴 애들 되게 많다?"

그래서 자꾸 걷자고 했구나.

● 귀여워

세상에서 가장 부지런한 사람을 꼽으라면 단연코 아버지다. 회사를 정리한 후에도 서울 외각에 작은 주말농장을 만드셔서 매일 새벽 5시면 나가 야채들에게 물을 주시곤 한다. 항상 농장에 가실 때마다 심심하다고 엄마를 데리고 가시는데 늦잠꾸러기인 엄마는 좀 힘들어한다. 아빠가 야채들에게 물을 주는 동안 옆에서 엄마가 계속 야채 흉내를 내며 "아저씨 물 좀 그만 먹여요. 나 배 터져 죽을 거 같아." "아저씨 그만 좀 와요. 너무 자주 오는 거 같아." 이러고 있다. 기껏 찾은 방법이 저거다. 아주 귀엽다.

아빠가 너무 매일 농장에 가지 않을 방법을 강구하고 있던 엄마.

빙글빙글 내 인생

● 눈꺼풀 개인기

아침부터 왼쪽 눈꺼풀이 자꾸 발발발발발 떨린다. 드디어 나에게도 개인기가 생긴 것인가, 야호-!

● 짧은 혀

뮤지션 가수 보컬이 혀가 짧다는 것은 큰 단점이다. 개
그맨은 장점이다.

● 인형 냄새

내가 제일 좋아하는 인형에게선 편안한 냄새가 난다.

한참이고 그 인형에 얼굴을 파묻고 있으면 아무 생각도

나지 않는다.

신기한 건

그 인형을 깨끗이 빨고 난 후에도 그 냄새는 여전하다

는 것이다.

그 냄새는 내 인중 냄새였을 가능성이 농후해진다.

• 수고

고민고민하다가

앞머리를 짧게 잘랐다.

기를까 말까 몇 번을 생각하고 생각하고 생각했다.

그래도 내 얼굴엔 짧은 앞머리가 더 어울린다는 다수의

의견과 내 생각에 의지하여 또다시 짧게 잘랐다.

자르고 사람들에게 묻는다.

나 앞머리 잘랐다.

그래 훨씬 낫다.

나 앞머리 잘랐다.

어려보이네.

나 앞머리 잘랐다.

어쩐지 좀 상큼해 보이네.

어 동료 오빠가 지나간다.

오빠 나 앞머리 잘랐다. 나 어때?

수.고.했.다.

그래 오빠 나 수고했다.

● 모기

가끔 모기가 귓전을 맴돌며, 내 손을 피해다니며 나를
미친 듯 괴롭히는 여름밤이면 모기가 나만큼 잠깐 커지
면 귀싸대기 한 대 시원하게 날리고 싶구나 라는 생각
도 한다.

● 이사

윗집이 이사를 갔다.

2년 전 이사 온 윗집은 삼남매를 두고 있었다. 그리고 그 삼남매는 넘쳐 나는 혈기왕성함으로 도무지 잠을 자지 않았다.

그래. 난 외롭지 않다는 증거야. 내 윗집에 누군가 살고 있다는 증거네. 아이고 행복하여라.

최면을 걸어 봐도 좀처럼 행복해지지 않았다.

하루는 얘기를 해야지. 마음을 먹고 직접 윗집으로 올라갔지만, 천성이 소심하고 착한 척하는 나는 벨을 누른 후 윗집 대문이 열리고 멍멍이가 튀어나오자

"아이 예뻐라. 이 멍멍이는 이름이 뭐예요." 멍멍이랑 통성명만 하고 내려와 버렸다.

그런 윗집이 이사를 갔다. 즐거움과 불안함이 교차했다.

60대 노부부가 이사를 오던 그날, 난 나도 모르게 그들

을 부여안고 연신 감사합니다, 감사합니다를 외쳤다고
한다.

● 상술

마스크를 사러 약국에 갔다.

유아용 마스크뿐이라 발길을 돌리려던 그때 약사 언니

가 나즈막히 얘기한다.

"지선 씨 얼굴이 작아서 유아용도 충분할 것 같은데."

그 말에 유아용 마스크를 싹 쓸어 왔고

역시 작다. 젠장.

● 성공

영국의 한 연구 기관이 알아낸 결과.

직사각형의 얼굴형을 한 남자들이 성공할 확률이 높다

고 한다.

성공을 축하한다. 스폰지밥.

● 축하

한 의학 전문 기관의 조사 결과.

허벅지가 두꺼운 여성일수록

당뇨병에 걸리지 않을 확률이 높다고 한다.

콩그레츄레이션 비욘세.

● 엉덩이 얼굴

고3 때까지 할머니와 한방을 썼다.

나의 룸메이트 최상옥 여사.

거동이 불편하신 울 할머니. 바닥보다는 침대를 더 선호하셨던지라 할머님이 침대를 쓰시고 내가 그 옆에 이불을 깔고 항상 누웠다.

어느 새벽 할머님은 화장실에 가기 위해 잠에서 깨어 일어나시다가 발을 헛디뎌 그만 내 얼굴 위에 넘어지셨고, 난 그 덕분에 얼굴이 정확히 할머니 엉덩이 모양으로 변했다.

"지금 이렇게 개그 생활 할 수 있는 것, 다 할머니 엉덩이 덕분이에요. 엉덩이에게 영광을."

• 모서리

각종 책상과 의자 모서리는 내 무릎 찍으려고 만들어진 것 같다.

● 모교

예전에 다니던 초등학교 아니지, 국민학교를 방문했다.

금의환향 느낌 폴폴 나도록 깔끔하게 차려입고 음료수

손에 들고 갔다.

"어맛 닮은 사람인 줄 알았는데 이 학교 나왔어요?"

"네. 지나가는 길에 들렀는데..."

"아이고 아무도 안 계신데 사진이나 한방 찍읍시다."

찰칵!

"아이고 이제 가볼게요."

"너무 반갑네. 잘 가요. 자랑해야겠네. 왔었다구."

나가면서 대따 큰 소리로 내가 던진 마지막 한마디.

"저 근데 공부 되게 잘했었어요."

더 큰 목소리로 들리는 대답.

"알아요!!!!!!!!!!!!!!!!!!"

● 계단 오르기

계단 오르기를 좀 열심히 했더니 종아리 알이 좀 심해진 것 같아 몇 번 주물럭 주물럭 했더니 멍이 들었다. 멍이 들도록 주물럭 할 만큼 알은 허락하기 싫은 거냐. 아님 독한 거냐.

이야. 진짜 나 독한 지지배.

● 개인기

11년 차 희극인

지선이의 유일한 개인기

돌고래 소리.

러빙유~ 아아아아아아~

제가 항상 개인기를 선보일 때

부르는 노래 '미니 리퍼튼'의 러빙유.

이젠 뭐 내 노래 같아요 하도 많이 불러서

하지만 이 노래로 첨 돌고래 소리를 접한 건 아니죠.

고등학교 때 우연히 인터넷 영상 사이트에서 '머라이어

캐리'의 라이브 영상을 보게 됩니다.

이모션일 거라고요?

아닙니다.

바로 그 노래는 'Love takes time'

그 노래 3분 쯤에 엄청난 초음파 소리를 내는데 감명 받
아 그 자리에서
100번 넘게 보다 보니 얼추 비슷하게 됐어요.

마음에 들지 않고 부족했는데
한겨울에 샤워하면서 그 노래 연습하는데
보일러 고장나서 갑자기 찬물 나오는 거야.
그때, 꺄아-하면서 목청이 터졌습니다.

근데 왜 머라이어 캐리 노래 안 하고 미니 리퍼튼 노래
를 하냐.
이따 노래 들어보시면 아시겠지만
이 노래는 시동 안 걸고 바로 나와.

● 혼자 머리하기

나는야 혼자 머리하기 대마왕^-^ 히히히~

• 십 년 만의 졸업

수요일에 졸업을 했다.

십 년 만의 졸업이다.

어린 친구가 쪼르르 쫓아와서 "사진 찍어요, 같이." 한다.

몇 학번이냐는 질문에 저 나이 많아요. 12학번이요. 하

는데

내가 지금 학교에 있어도 되나 싶었다.

그래도 십 년 만의 졸업이다.

수요일에 졸업을 했고

이제 수요일마다 좋은 일이 생길 것이다.

● 신기한 경험

고3 시절

난 공부를 열심히 했었고, 야자 시간에 전교 20등까지만 들어갈 수 있는 학교 독서실에서 공부할 수 있는 특혜를 얻었다. 그날도 그렇게 그곳에서 죽은 듯이 공부하고 있었는데 독서실 문이 벌컥 열리더니

"여기 박지선이 누구냐." 학주가 날 찾는다.

난 그 소리에 미친 듯이 눈물이 터졌다.

펑펑 우는 나를 보며 학주가 말했다.

"너 얘기 들었니? 왜 울어."

"몰라요. 눈물 나요, 그냥."

"너 할머니 돌아가셨대. 가 봐."

● 별똥별

그 시절,

어느 날 새벽에 하늘에서 별똥별이 떨어진다고 했다.

토크박스에 빠져 있던 나는 그날의 1위는 누군지까지

꼭 확인하고 별을 보기 위해 조금은 느리게 움직였다.

학교 운동장에 모인 친구들이 참으로 중무장을 하고 나

왔다. 가장 좋은 몫은 아니지만 작은 불빛도 없는 조용

한 구석을 찾아 돗자리를 깔고 몸을 뉘었다.

"하- 하아-"

허공에 만들어진 입김이 재밌어 다들 깔깔 거릴 때

"너네 이거 피워 볼래."

친구 하나가 담배 몇 개비를 품 속 깊은 곳에서 꺼낸다.

"치익-타악."

"후-"

입김은 모락모락 연기가 되었고 겁 많은 나는 그걸 구

경하고만 있었다.

나 죽겠다 목이 타 들어간다며 연신 기침을 해대는 친구들 때문에 조용했던 운동장에 아침이 찾아왔다.

그날 결국 우린 별을 보진 못했지만, 가끔 별이 떨어지지 않는다는 어느 밤에도 너희가 생각난다.

● 할머니의 짐

성신여대 쪽에서 할머님이 짐 머리이고 계단 오르시길래 짐 들어 드릴게요. 했는데

아냐. 괜찮아. 가벼워, 가벼워. 하셨는데 그래도 들어 드릴게요. 주세요. 하고 뺏었는데 정말 너무 가벼운 거야. 솜털마냥. 그래서 할머님 집까지 가는 내내 둘이 엄청 어색했네. 하하.

그래도 안 도와 드렸으면 찝찝했을 거야. 인사 안 했으면 찝찝. 어색한 게 나아. 쪽팔린 게 나아. 그리고 가는 내내 웃겨 드리고 말동무해 드려서 좋아하셨어. 버스 타신 분들 웃겨 드렸잖아.

● 민낯

민낯

(9년째 노메이크업 로션 스킨.)

● **불면증**

불면증을 이기는 가장 좋은 방법은 안 자는 거다.

● 새 운동화

새 운동화를 계속 깨끗이 신고 싶다면 안 신고 나가면 된다.

구애받지 않고 쓰는 단상

● 막차

버스 막차를 타면 기분이 너무 좋다. 막차를 탄 사람들
은 다 열심히 사는 느낌이다.

● 쓰레기통

쓰레기통을 열심히 광나게 닦는 사람을 보았다. 모두가 쓰레기통에 쓰레기를 집어넣을 때 그 사람은 그것의 입구를 광나게 닦는다. 덕분에 쓰레기통이 빛이 난다. 그 사람도 빛이 난다.

● 환경이 만들어낸 불안

정서적으로 안정된 친구들이 공부를 잘한다고 한다. 정
서의 불안정을 논하다 보면 주변 환경을 살피게 되고
환경을 살피다 보면 (가족 얘기를 하게 되고) 결국은 뿌리
의 문제까지 도달한다. 누구도 그 자신 혼자에게서 일어
나는 불안은 없다. 주변 환경이 만들어 낸 불안이다.

● 변기 수압

며칠째, 변기 수압이 좋지 않다. 덕분에 가족들끼리 좀 서먹해졌다.

덕분에 그동안 몰랐던 가족들의 깊은 속도 알 수 있게 됐다.

시원하게 내려보내지 못하는 모습이 지금의 내 모습 같아.

보기 좋지 않다.

● 뒷통수

난 뒷통수가 납작하다 못해 움푹 파였다.

내가 너무 좋다.

● 가치 있는 글

누군가에게 궁금증을 던져 주고 생각을 하게끔 만들어
주는 글은 모두 가치가 있다.

● 즐겁게 사는 것과 열심히 사는 것

즐겁게 사는 것과 열심히 사는 것은 항상 별개라고 생각했는데 즐겁게 살다 보면 열심히 살아진다는 말을 한다.

● 실패의 역사

내 인생의 실패의 역사들이 모여 내가 되는 것이라면
받아들여야겠다. 받아들이지 않고 거부하기만 한다면
내 인생을 부정하는 것인가. 이것은 나로 인한 실패인
것인가. 또 다른 누군가로 인한 실패인 것인가. 사실 나
는 실패하지 않았다. 내 인생은 실패한 것이 아니라 완
성되고 있는 것이다.

● 하고 싶은 일 하면서 사는 사람

지식채널 e

"박지선편" → 하고 싶은 일 하면서 사는 사람.

● 묘목 화분

인생이 무료하다고 느끼고 있을 무렵 친한 언니에게서
나무 묘목 화분을 선물 받았다.

"넌 지금 무언가를 키워야 할 때인 것 같다."

올곧고 이쁜 나무였다. 이름도 이쁘다. 해피트리.

이 나무를 잘 키워 내면 내 행복도 자라날 것 같았다.

수시로 물도 주고 햇볕도 쐬게 해 주었지만 나날이 잎
은 누렇게 시들어 갔다.

친한 친구에게 이야기하자 친구가 말해 준다.

"지돌아 나무에겐 물이나 햇볕보다 환기가 더 중요하
대."

생각했다.

나에게도 그렇다.

햇볕이나 물로 채우려고 하지 말자. 나를 환기시켜야 한
다.

환기시키지 않고서는 달라질 수 없다.

창문을 열고 밖의 공기를, 전혀 새로운 공기를 맡게 해 주자.

나무 묘목 화분 들고 밖으로 나가 보자.

레옹이 화분 들고 돌아다녔던 이유가 있었다.

● 엄마와 딸

엄마가 싫다.

엄마가 밉다.

왜 저렇게 말하는지.

이해할 수 없다.

치매인가.

짜증난다.

딸이 싫다.

딸이 밉다.

왜 저렇게 말하는지.

이해할 수 없다.

그래도.

이해한다.

● 자신을 사랑하는 방법

남 칭찬을 많이 해라.

→ 내가 올라간다.

남의 시선에 너무 신경 쓰지 마라.

→ 자신만의 기준을 만들어라.

　자기 자신에게 충실하라.

희소식은 생각보다 다른 사람들은 나한테 그렇게 큰 관심이 없다는 것.

● 선배 이야기인데

우리 개그맨들은 보통 일주일 동안 회의하고 리허설하고 아이디어 짜고 해서 녹화날 3분 무대에 다 쏟아붓는다. 그 녹화 3분을 잘해냈냐, 못해냈냐 평가 받는 기준이 보통 관객들의 웃음의 유무이다.

관객들이 빵빵 터졌으면 내려올 때 개그맨 본인들도 표정이 밝다. 그리고 주변에선 잘했다 오 대박 축하해 멘트들이 이어진다.

관객들이 웃지 않고 싸늘하면 내려올 때 개그맨 본인들 표정부터 풀이 죽어 있다. 그리고 주변의 위로가 이어진다. 아쉽다 실망하지 마 다음에 더 잘하면 되지.

어느 날 신인 시절 내가 허드렛일 하고 있었는데

한 선배가 코너 녹화를 하고 내려오는데 그날 정말 싸늘하고 한 명도 안 웃었다. 뭐야. 관객들 어디 갔어? 할 정도로. 주변의 위로가 이어졌다. 아쉽다. 그래도 담에 더 잘하면 되지 뭐.

선배가 얘기한다.

"어? 왜? 나 잘했는데. 나 오늘 무지 잘했어. 아주 만족해. TV로 보면 되게 웃길 거야."

이때 옆에서 심부름하던 난 큰 깨달음을 얻는다.

오 완벽히 자기 자신에 충실해서 자신만의 기준을 가지고 사는 사람이다. 무대를 잘했고 못했고 평가 기준이 관객들 웃음의 유무에 의해 결정되는 게 아니라 본인이 본인 연기에 만족하고 안 하고 있다니. 멋지다.

라는 생각을 가지고 나도 다음부터 좀 더 본인에 나 자신에 충실하게 연기를 하기 시작했다.

그랬더니 나한테 변화가 찾아왔어.

예전에는 내가 생각하는 웃음 포인트에서 관객들이 웃지 않으면 당황하고 다음 연기까지 영향을 주며 말리기 시작했는데 이젠 웃음 포인트에서 관객들이 웃지 않더라도 당황하지 않고 무대를 잘 마무리 지을 수 있었다. 일적으로도 많이 발전하고, 잘하고 못하고의 기준이 남에 의한 평가가 아니라 내 자신에 의한 만족도로 바뀌게 되니 행복감을 크게 느낄 수 있게 되었다.

● 불면

누구에게나 불면의 시간이 필요하다.

내가 요새 잠이 잘 안 와 라고 이야기하면

"나는 머리만 닿으면 잠드는데, 넌 왜 못 자." 라고 이야
기 한다.

순간

나는 왜 못 자는가에 대한 생각은 싹 사라지고 머리만
닿으면 잠드는 건 네 얘기고 그 얘기는 왜 해.

야속하기만 하다.

좋겠다 그래.

● 마음의 평안

얼마 전 우리나라에서 젤 용하다는, 못 고치는 사람이
없다는 피부 전문의를 찾아 대구에 내려갔고,
그분은 내 피부 이야기를 듣고 보더니 딱 한마디 던졌
다.
"지선 씨는 못 고쳐요."
그 말을 듣고 나니 마음속에 평안이 찾아왔다. 그래, 그
것이 어쩌면 내가 듣고 싶었던 말이다. 이제 내가 나를
받아들인다. 인정해 준다. 더 사랑해 준다.

● 내가 자존감이 왜 높은가

다른 사람 칭찬, 좋은 얘기 많이 해요. 그럼 자존감이 높아집니다. 하루에 3번 이상은 좋은 일 하고 살자. ("꼭 필요한 사람이 되자.") 버스 기사님께 인사하기, 자리 양보하기, 짐 들어 드리기. "평범한 것이 가장 비범한 것."

전 요즘도 버스 타고 다니거든요.

탈 때 안녕하세요는 아직도 하는데 사실 뒷문으로 내릴 때도 안녕히 가세요 했었는데 개그맨 되고 난 다음엔 안녕하세요까진 하는데 안녕히 계세요까지는 못 하겠는 거예요. 왠지 되게 착한 척한다고 느낄까 봐 유난 떤다고 할까 봐. 인사의 완성이 안 된 것 같아.

그래서 하루는 엄청난 고민을 했어요. 속으로. 안녕히 계세요를 안 하니까 너무 속상해. 안녕하세요론 부족해. 기사님께 인사 꼭 해야지. 하다가 도착했고 뒷문이 열렸고 내리면서 "안녕하세요."하고 내려 버렸다.

다음부턴 너무 고민하지 말아야지.

● 향

아 이게 향기라는 거구나 처음 깨닫게 된 일이 있다.

어린 시절 엄마한테선 항상 좋은 냄새가 났었다. 안기면, 가까이 다가가면 마음까지 푸근해지는 편안한 향이었다.

우리 엄마 특유의 향기라고 생각했었는데 나중에 어른이 되고 나서 알았다. 아 그것은 화장품, 분냄새였구나. 허탈하고 서운한 마음까지 들었다.

한참 뒤,

내가 화장을 할 수 없는 피부 상태가 되고, 나를 따라 엄마도 화장을 하지 않기 시작했다. 그런데도 아직 엄마한테 안기면 여전히 그 냄새가 난다. 마음까지 푸근해지는 편안한 향이 나고 이제는 눈물도 난다.

엄마 향기였다.

● 버드나무

길을 가다가 울창한 버드나무 한 그루가 서 있는 걸 봤는데 저 헝크러진 머리 하나로 쫑매주고 싶다고 생각하고 있는 나를 보니 내가 지금 생각이 꽤나 복잡한 것 같긴 해.

버드나무는 버드나무인데.

● 걱정

걱정은 대체적으로 내가 하는 것보다

남이 만들어 주는 게 더 많다. 걱정은 거절한다.

● 넘어질 때마다

나는 넘어질 때마다 무언가 줍고 일어난다.

- **도전**

도전을 즐기는 것 같아.

● 구애받지 않고

메이크업 못 하고 햇볕 알러지 있어도

그런 거에 구애받지 않고

일할 수 있는 직업들이 多.

● 다리

벽은 무너뜨리면 다리가 된다.

식사 잘 챙겨드시고요

연애는 ...

알아서 하시고요

흥! 칫!

내 사랑 스폰지밥

● 스폰지밥

4주 동안 개콘 쉰 적이 있었어요. 몇 년 동안 하다가 한 주라도 쉬면 탈 난다고 선배님들이 지나가는 행인 역할로 써 주신다고 했지만 감독님께서 리허설을 보고 이렇게 말씀하셨죠.

"야 지나가는 행인 중에 저렇게 생긴 사람이 어딨냐."

그래서 온전히 쉬어야 했습니다.

몸이 침대 위에서 떨어지지 않고 한없이 땅바닥으로 꺼질 것만 같은 기분이 들 무렵 침대 옆에 처박아 놨던 웃고 있는 쓰레기통을 봤습니다. 스폰지밥 쓰레기통.

예전에 투니버스 같은 어린이 채널에서 아이들이 뽑은 올해의 개그우먼으로 제가 뽑혔다고 인터뷰를 하러 온 적이 있었는데 스폰지밥 캐릭터 상품을 네다섯 개 들고 왔었죠. 뭐 이렇게 희한하게 생긴 게 있어 하고 주변에 다 나눠 주고 쓰레기통 하나 들고 와서 방에 처박아 났는데 땅바닥으로 몸이 꺼지고 있을 무렵 쳐다보니까 계속 쓰레기 집어넣었는데도 헤헤 웃고 있는 스펀지밥이 뭔가 귀여워 보이는 거예요. 그래서 저거 뭔 내용인가 한번 봐야겠다 하고 찾아봤죠. 10분에 1편씩 꽤 짧은 내용이더라구. 근데 처음 봤던 "괴물의 한 끼 식사"라는 그 내용이 너무 멋지고 제 삶의 모토와도 뭔가 맞아떨어지는 거예요.

운명처럼.

햄버거집에서 일하는 스폰지밥에게 돈만 밝히는 사장이 장사가 안된다고 한탄합니다. 마침 스폰지밥은 오는 길에 주웠다며 잠수함 한 대를 보여 줍니다. 사장은 손님이 오지 않으면 우리가 손님을 찾아가자 라고 하며 잠수함에 스폰지밥을 태워 햄버거 다 팔고 오라고 얘기하죠. 하지만 좀처럼 햄버거는 잘 팔리지 않고, 엎친 데 덮친 격으로 잠수함은 해구로 추락하게 됩니다.

그리고 추락 시 충돌로 해구에서 700년 동안 잠들어 있던 무시무시한 크기의 괴물을 깨우게 되죠. 그 괴물은

역정을 내는 것도 잠시, 배가 고프다며 햄버거를 요구하고 스폰지밥은 햄버거를 다 팔고 괴물에게 어마어마한 양의 금은보화를 얻게 됩니다.

가게로 돌아온 스폰지밥에게 사장이 다 팔았냐고 채근하자 다 팔았고 보물도 잔뜩 얻었다 합니다.

어디 한번 보자고 하니 그런데 해구에서 다시 잠수함을 띄우기 위해선 보물을 다 버려야 했다고 말하죠. 그러면서 스폰지밥은 말합니다.

"근데 사장님, 오는 길에 너무 예쁜 돌들이 있어서 잔뜩 주워 왔어요. 보실래요."

그때부터 하나둘 모으기 시작한 스폰지밥이 어느덧 500여 개. 짜증나고 성질나는 일이 있으면 바로 문구점으로 달려가 새로운 스폰지밥을 삽니다. 행여나 아 진짜 다 끝내고 싶다 지겹다라는 생각이 들다가도 8월 초 맥도날드 해피밀 스폰지밥이라는 문구가 눈에 들어오면 아 저거 때문에 저 때까지는 살아야겠다라는 생각까지 듭니다.

그리고 이제 주변 지인들이 스폰지밥만 보면 제 생각이

난대요. 동료 오빠는 필리핀 여행갔다가 스폰지밥 문패를 사다 주었고, 친한 언니는 두바이에서 저금통을, 친구는 뉴욕에서 피규어를, 또 다른 동료 오빠는 중국에서 짝퉁 스폰지밥을 사다 주었어요.

내가 이렇게 내 지인들에게 언제든 떠오를 수 있는, 생각나는 사람이 되었다는 게 너무 기쁘고 스폰지밥에게 심심한 감사를 표합니다.

그럴 수 있게 도와준.

무언가를 미친 듯이 좋아하는 것 참 좋은 것 같아요.

스폰지밥이 뚱이의 카드를 가지고 싶어 했다.

뚱이가 말했다.

"그렇게 이 카드가 좋으면 너 가져."

"이렇게 소중한 걸 나한테 줘도 돼?"

"친구한테 하찮은 걸 줄 순 없잖아."

● 스폰지밥 책

엄마가

"저놈의 스폰지밥 하나만 더 사 오면 싹 다 불태워 버릴

거다."라고 해서 불에 안 타는 재질로만 사서 모으고 있

었는데...

꺅!!!

TV에선 볼 수 없던 새로운 시리즈라니!!!

마블과 DC의 오리지널 코믹스 작가들이 함께했다니!!!

그런데 불에 활활 잘 타오를 "책"이라니!!!

그래도 일단 살 거다. 엄마가 태우면 또 살 거다.

태우면 또 사고 태우면 또 사고 그래도 또 태우면 나가

살 거다.

그래! 독립이다!

스폰지밥 덕분에 36년 만에 독립 성공

강수 박지선

● 물어내

엄마가 내 방 청소하다가 아끼는 스폰지밥 캐릭터 카드를 다 구부려뜨렸다.

엄마!!! 이거 엄마가 그랬지?

아닌데.

엄마가 피아노 청소 했지? 보면대 접고 그 안에 닦았지?

응.

그 보면대 위에 이 카드 있었다고. 다 구부러졌잖아. 물어내!!!

그래, 그럼 넌 내가 그동안 청소한 값 물어내!!! 물어내!!!

오늘도 이렇게 내가 졌다.

● 엄마의 사랑

내가 제일 사랑하는 캐릭터 스폰지밥. 31살이 애처럼
뭐하는 짓이냐고 타박하시지만, 엄마가 가끔 오므라이
스 위에 뿌려 주는 스폰지밥 모양의 케첩.
엄마가 내 여름 이불에 수놓아 준 스폰지밥 얼굴.

이런 것들을 보면 난 느낄 수 있다.
엄마는 아직 스폰지밥 얼굴을 잘 모르는구나.

트위터 다시보기

새벽에 깨어 있는 나는야 진정한 아튀스트!!!!!!!!!!!!!!
!!!!!!!!!!!!!!!!!!!!!

_오전 2:13 · 2010년 11월 22일

회사원 울 오빠가 명함을 새로 팠는데 부장님한테 굉
장히 혼났다고 한다 오빠는 명함 뒷면 영어 이름을 존
박이라고 팠다 오빠가 너무 자랑스럽다

_오후 11:10 · 2010년 11월 26일

방에 우풍이 분다 오늘 잠옷은 샤넬 넘버 파이브 대신
오리털 파카로 결정했다

_오전 1:53 · 2010년 11월 30일

@gagjidol ─────────────────

방에 우풍이 부는 분들께 이불 속에서 방구를 많이 뀌면 참 따뜻합니다 근데 아침에 이불 개키면서 이불을 풀럭-하실 때 조심하세요^.^

_오전 2:02 · 2010년 12월 1일

@gagjidol ─────────────────

엄마 차를 얻어 타면 재밌다 엄마는 네비가 300미터 앞에서 우회전이라고 하면 3미터 앞에서 우회전을 한다 난 오늘도 뜻하지 않은 서울구경을 한다

_오전 11:31 · 2010년 12월 1일

@gagjidol ─────────────────

새벽 한 시 사십육 분 집에 귀가해보니 내 방 창문이 활짝 열려 있다 아침에 출근할 때 내 방 환기시킨다고 엄마가 창문을 열어두셨는데 깜빡하고 여적까지 그대로 두신 것 같다 오늘은 그냥 동네 놀이터에서 자는 게 더 따뜻할 것 같다 난 엄마가 참 좋다

_오전 1:48 · 2010년 12월 2일

부모님 오랜만에 영화 보고 오시라고 부당거래 영화표를 끊어드렸다 부당거래를 보고 온 엄마가 아이구 그 유지태가 연기를 참- 잘하더라 하신다 엄마는 도대체 어떤 영화를 보고 온 걸까

_오전 1:53 · 2010년 12월 3일

새벽 두 시 반 오늘도 트위터에 뭔가 올려야겠다는 생각에 자고 있는 엄마를 깨워 오늘 뭐 재미난 일 없었냐고 물어봤다가 정말 재밌게 한 대 맞았다 엄마가 이종격투기하는 꿈을 꾸고 있었나보다

_오전 2:40 · 2010년 12월 4일

새벽에 자다 깨서 화장실 가다가 거실 바닥에 사람이 기절해 있는 줄 알고 깜짜기 놀랬다 우리 가족 중 누군가는 옷을 굉장히 볼륨감 있고 생동감 넘치게 벗어 놓는 재주가 있는 것이다

_오전 3:58 · 2010년 12월 5일

매운 떡볶이랑 같이 먹으라고 엄마가 준 요플레의 유통기한... 내일 아빠랑 나는 화장실에서 축제의 빵빠레를 마음껏 울릴 것이다

_오전 2:03 · 2010년 12월 10일

아빠가 오늘 족욕기를 사 오셨다 싸게 샀다고 너무 좋아하신다 족욕기 전원을 켰는데 족욕기에서 포크레인 소리가 난다 족욕기를 모닝콜로 써야겠다

_오전 2:35 · 2010년 12월 11일

내가 아빠 아이폰으로 트위터 하는 거 보고 엄마가 자기도 트위터 하게 맹글어 달라며 나에게 자기 핸드폰을 주고 갔다 나 이거 성공하면 노벨상 탈 것 같다

_오전 1:26 · 2010년 12월 17일

@gagjidol ——————————————————

아침에 화장실 변기가 터진 줄 알고 깜째기 놀래서 나가 봤더니, 엄마가 거실에서 전기담요로 청국장을 띄우고 있었다 신난다 집에 화장실이 5개는 생긴 기분 이다

_오후 12:33 · 2011년 1월 2일

@gagjidol ——————————————————

친구가 골라 줘서 큰 맘먹고 겨울코트를 하나 구입했 다 엄마가 이거 개콘 소품이냐고 물어봤다 친구한테 절교문자를 보내야겠다 엄마 고마워요

_오전 3:00 · 2011년 1월 6일

@gagjidol ——————————————————

추워서 출근하기 싫다고 했더니 엄마가 요새 춥나 난 집에만 있으니까 하나도 안 춥던데 한다 맞는 말인데 분노의 머리 감기를 하게 된다

_오전 11:30 · 2011년 1월 6일

@gagjidol —————————————

엄마한테 내 방이 너무 춥다고 했더니 저 가습기 때문
이라면서 가습기를 가져갔다 이제 춥고, 건조하기까지
하다 부라보 짝짝짝 참 잘해쩌요

_오전 2:14 · 2011년 1월 7일

@gagjidol —————————————

엄마가 너 코트 입은 거 가만 보니까 꼭 고딩같다고 했
다 어쩐지 거울 속 내 모습이 누굴 닮았다 싶었는데
고3 수험생 때 나를 닮았다 역시 겨울엔... 잠바다

_오후 12:25 · 2011년 1월 7일

@gagjidol —————————————

새벽 두 시 이십 분. 연말도 다 지났는데 아부지의 늦은
귀가가 잦다 술 취한 아부지 안방 침대 대신에 거실 쇼
파에 누우시며 말씀하시길 나에게 망년회가 있으면 신
년회도 있는 법.....정답입니다!!!!!!!!!!!!!!!!!!!!!!!!!!!!!!!!
!!!!!!!!!!!

_오전 2:27 · 2011년 1월 11일

─────────────

엄마가 스폰지밥 오므라이스를 맹글어 줬다 덕분에 난
개콘유치원을 다니고 있는 기분을 느꼈다

_오전 1:05 · 2011년 1월 12일

─────────────

엄마가 컷트머리로 변신했다 미용실에 길라임 사진을
가져간 모양이다 저러다 액션스쿨도 등록할 것 같다
신비가든 가자고 할 것 같다 헐리웃 진출한다고 할 것
같다 현빈 따라서 해병대 간다고 할 것 같다 근데 아빠
가 보내 줄 것 같다

_오전 11:46 · 2011년 1월 14일

─────────────

나흘째 밥상에 청국장이 고정게스트로 나오고 있다 듣
자 하니 봄개편 때까지 함께 할 것 같다 짜릿하다

_오전 11:44 · 2011년 1월 20일

————————

엄마가 뜨개질로 장갑을 맹글어 줬다 딸내미가 오른손 잡이라고 오른쪽은 뚫어줬다 나는야 짝짝이 종결자

_오전 1:13 · 2011년 1월 28일

————————

아부지 술 잡숫고 빵 잔뜩 사 오셨는데 내일 아침에 혼자 다 먹을 거라고 안 주신다 자신의 것을 지킬 줄 아는 진정한 멋쟁이다

_오전 2:49 · 2011년 3월 9일

————————

늦어서 엄마 차를 얻어 탔다 세상 초조한 나에게 엄마가 말한다 "나는 항상 차간 거리를 유지하면서 가기 때문에 전부 다 내 앞에 끼어 들지 하하하" 하하하하하하하하하하하하하하하하하하하하하하하하하항하하하하하하 엄마 내려주세요 하하하하하

_오후 12:06 · 2011년 3월 11일

@gagjidol ─────────────────────

자려고 누웠는데 엄마가 몸에 좋은 거라며 흑초를 입에 부어 줬다 야호 원액이다

_오전 12:45 · 2011년 4월 9일

@gagjidol ─────────────────────

엄마가 날이 아직은 쌀쌀하다고 패딩을 입으라고 했다 방금 길에서 반팔 입은 청년들과 눈이 마주쳤다 조심스레 몸살 연기를 해 본다

_오후 4:48 · 2011년 4월 23일

@gagjidol ─────────────────────

엄마가 해준 떡볶이에서 지옥의 맛이 난다 코감기에 걸려 미각을 잃은 아빠만 신났다 조심스레 몰아주기를 해본다

_오후 10:58 · 2011년 5월 7일

@gagjidol

잠이 안 온다 밖에 취객이 노래를 부른다 반갑다 화음
넣어 드려야겠다

_오전 2:02 · 2011년 5월 10일

@gagjidol

눈 밑이 달달달 떨리는 건 마그네슘 부족입니다 그런
데 저 지금 코가 달달달 떨리는데 이거 왜 그런 거죠 엄
마는 코가 뾰족해지려고 그러는 거 같대요 신난다

_오후 7:44 · 2011년 5월 19일

@gagjidol

아빠가 케이티엑스가 얼마나 빠른지 서울에서 똥 누고
일어나니까 대전이었다고 했다 귀엽다

_오전 11:36 · 2011년 5월 30일

아빠 주말농장 비닐하우스에 도둑이 들었습니다 아빠는 다음에 도둑이 들어오면 깜짝 놀랄 수 있게 비닐하우스에 뱅뱅 돌아가는 노래방 조명을 설치해 놓을 거라고 하셨습니다 역시 멋쟁이

_오전 1:32 · 2011년 6월 3일

새벽 두 시 반. 아빠가 내일 있을 건강 검진 때문에 저녁 못 먹는다고 배고프니까 일찍 잘 거라고 저녁 8시에 주무시더니 지금 일어나셨다. 다시 잠들 수 없는 사람처럼 상쾌해 보이신다. 야호

_오전 2:34 · 2011년 6월 28일

아빠 술 잡숫고 오셨다 문 앞에서 엄마한테 여보 나 손님 데려 왔어 그러더니 문을 활짝 열고 들어와라 모기야!!! 한다 아빠 손님 안방으로 모실게요

_오후 10:11 · 2011년 7월 13일

엄마가 부추를 다듬으며 말했다 "부추밭의 잡초는 되게 부추처럼 생겼지만 엄마는 다 알아낼 수 있다 엄마 멋지니?" 자기가 말해 놓고 부끄러워서 부추 뒤에 숨는다 귀염둥이다

_오전 12:01 · 2011년 8월 21일

급커브를 트는 버스에서 손잡이를 놓쳐서 탈춤을 췄다 덩기덕 쿵더러러러 다음에 무조건 내려야지 쿵덕

_오후 7:07 · 2011년 9월 6일

내가 잘 먹었습니다 하니까 엄마가 너 너무 느끼할까 봐 갈비탕은 있는데 일부러 안 줬다 그런다 나도 용돈을 준비했는데 일부러 안 드려야지^.^

_오후 6:51 · 2011년 9월 11일

일찍 나오길 잘했다 저봐라 저쪽은 벌써 저렇게 차가
막히잖느냐며 엄마가 저멀리 주차장을 가리킨다

_오후 5:37 · 2011년 9월 12일

아침에 화장실에서 엄마 비명 소리가 나서 놀라 가봤
더니 엄마가 아빠 똥 누고 물 안 내리고 간 걸 보고 있
었다 아빠가 그렇게 건강하신지 몰랐다 기분이 참 좋
다

_오전 12:03 · 2011년 12월 20일

출근 전 엄마가 울 애기 밥 줘야지 해서 밥 먹으러 나갔
더니 금붕어 밥을 주고 계셨다 그리고 식탁은 말끔했다

_오후 1:29 · 2011년 12월 31일

@gagjidol

어둑어둑한 버스에서 셀카를 찍다가 후레쉬가 터졌다
개콘 무대에 섰을 때보다 더 큰 주목을 받았다 설렌다

_오전 12:25 · 2012년 1월 17일

@gagjidol

비데가 잠깐 정신을 잃고 얼음장같은 물을 쏘아올렸다
나도 모르게 변기통 따귀를 때렸다

_오전 2:36 · 2012년 2월 8일

@gagjidol

엄마가 지구 탄생 45억 년의 비밀이란 다큐를 아주 재
밌게 봤다며 두 시간 전부터 얘기해 주는데 아직도 지
구 탄생 후 50년 정도 밖에 안 된 것 같다 45억 년 얘기
다 할 건가 봐 무서워 빨리 출근하고 싶어

_오전 12:26 · 2012년 2월 10일

오랜만에 날씨가 좋아서인지 엄마가 운동화를 빨아 주셨다 내 칫솔로

_오후 1:27 · 2012년 2월 20일

버스에 타서 버스 의자 등받이를 잡아야 하는데 의자에 앉아 계신 분의 어깨를 잡았다 어색하지 않게 안마를 해 드려야겠다

_오후 7:46 · 2012년 3월 2일

출출하면서 똥도 마렵다니까 엄마가 나보고 이중인격자래요

_오후 6:48 · 2012년 3월 5일

엄마한테 8시에 깨워 달랬더니 어떻게 된 거냐니까 당연히 저녁 8시인 줄 알았대요 엄마의 애드립이 점점 좋아집니다

_오전 10:12 · 2012년 3월 8일

버스에 나 밖에 없다 대따 큰 택시 탄 거 같다 신난당 이히히힣히히히히히히히히

_오후 12:37 · 2012년 3월 9일

엄마가 티비에서 하란 대로 했더니 멸치볶음에서 닭강정맛이 난다고 해서 지금 멸치를 200개째 집어 먹어보고 있는데 정확히 멸치 200개를 먹은 맛이 난다 멸치머겅. 이백번머겅.

_오후 12:00 · 2012년 3월 13일

@gagjidol ─────────────────

엄마가 외출한 것 같아서 집에서 혼자 멋 부리면서 대따 크게 노래 불러 봤는데 안방에서 아빠가 튀어 나왔다 노래 잘한다고 진지하게 말하지 마!!!!!!!!!!!!!왜 이렇게 멋을 부리냐고 해줘!!!!!!!!!!!!아빠랑 어색해지기 싫어!!!!!!!!!!!!!!!

_오후 8:24 · 2012년 3월 24일

@gagjidol ─────────────────

엄마가 축구하는 개를 티비에서 봤다며 자꾸 재연을 해 준다 엄마 그만 일어나 전후반 다 뛰지 마

_오전 8:45 · 2012년 3월 26일

@gagjidol ─────────────────

아부지 설사병나서 힘들어하는데 엄마가 살 빠지고 좋겠다고 해서 둘이 싸운다 엄마가 아빠 배 때리면 이기겠다 푸드득

_오전 1:09 · 2012년 3월 27일

148

@gagjidol ────────────────

잠옷 바지가 안 말랐는데 엄마가 촉촉해도 입고 자면
체온으로 마를 거라고 해서 입고 누웠다 나 29살인데
이불에 오줌 싼 느낌 들고 좋다

_오전 1:32 · 2012년 4월 1일

@gagjidol ────────────────

신문 보려고 펼쳤다가 손톱 깎고 덮었다

_오후 11:17 · 2012년 4월 3일

@gagjidol ────────────────

버스 창밖으론 봄비가 내리고 라디오에선 분위기 있는
재즈 선율이 흘러 나와 기사님께 아메리카노 주문할
뻔했다

_오후 8:50 · 2012년 4월 10일

엄마가 밭에서 나물 뜯어다가 비빔밥해 주셨다 이 색 깔이 예쁜 나물의 이름은 뭐냐고 물었더니 모른다고 답하신다 예쁜데 모른대 그리고 난 다 먹었어 하하하 하하하하하하하아이야

_오후 12:11 · 2012년 4월 16일

새벽에 이성에게 뭐해? 라고 문자를 보내면 뭔가 있어 보일까 봐 쿨한 척 뭐하슈? 라고 보낸다는 후배의 말을 참고해서 '뭐하슈 자슈 밖이슈' 라고 문자를 보내 봤는 데 보낸 문자 취소하는 기능을 개발하고 싶다

_오전 1:03 · 2012년 4월 19일

부지런하고 지적인 남성이 이상형인 나. 방금 모기가 나랑 엘레베이터를 같이 탔다 여름이 아닌데 벌써 활 동하는 부지런함 엘레베이터를 이용하는 지적임 결국 내 이상형은 모기같은 남자였다

_오후 11:08 · 2012년 4월 20일

@gagjidol ─────────────────

화장실 가고 싶어서 자다 깼고 비데를 쏘는 순간 아침
이 찾아왔다 으캬캬

_오전 1:42 · 2012년 5월 1일

@gagjidol ─────────────────

버스 하차벨을 누르면 삐- 해야 되는데 내가 뭘 어떻
게 잘못 눌렀는지 얘가 쑥 들어가서 삠잉이이이이이이
이이이이이!!!!!!!!!!! 한다 마치 내가 직접 돌고래 소리
를 내면서 버스에서 내리는 광경이 연출되었다

_오후 10:15 · 2012년 5월 1일

@gagjidol ─────────────────

항상 맛있는 음식은 많이 만들어서 아랫집 윗집 옆집
과 나누어 먹는 우리 엄마가 참 좋다라고 엄마가 쓰라
고 했다

_오후 10:53 · 2012년 5월 3일

@gagjidol ─────────────

집 앞에서 아빠 만났는데 아빠가 밖에 비온다고 우산 주셔서 펼쳤는데 이건 해운대 파라솔이다 버스에 올라타서 우산을 접으려고 하는데 접으면 펴지고 접으면 펴지고 접으면 펴하하핳 하하ㅏ 하하하하하하하ㅎ 비도 그쳤어 하핳하하하

_오후 2:25 · 2012년 5월 27일

@gagjidol ─────────────

버스 기사님 파마가 잘 나오셨다 엄마 차를 얻어 탄 것 같은 편안함이 있다

_오후 11:44 · 2012년 6월 7일

@gagjidol ─────────────

버스에 달린 모니터에서 넌센스퀴즈가 나왔다 창문 100개 중 2개가 깨지면? 정답은 잠시 후에 공개됩니다 라고 떴고 난 정답을 확인하지 못한 채 내렸다 하하하 하하항ㅅ하하하하하 나 버스랑 밀당한다 하하하하 나 버스랑 사귄다 항사하하하하

_오후 1:12 · 2012년 6월 12일

@gagjidol ────────────────────

엄마가 자꾸 밥 먹었니 라는 메시지와 함께 셀카를 보
낸다 볼에 바람을 넣은 엄마의 셀카는 밥을 먹지 않았
음에도 불구하고 밥 먹었다고 답하게 만드는 매력을
지녔다

_오전 1:37 · 2012년 6월 14일

@gagjidol ────────────────────

엄마한테 끊어지면 소원이 이뤄지는 실팔찌를 만들어
드렸는데 팔찌가 하루 만에 끊어졌고 밥이 탔다 엄마
소원은 밥 태우는 거였다 야호

_오후 12:39 · 2012년 6월 21일

@gagjidol ────────────────────

아직 칠월도 안 됐는데 엄마가 올해도 벌써 다 갔네 우
리 딸도 이제 서른이다 으캬캬 한다 결투신청으로 받
아들이겠다

_오후 1:21 · 2012년 6월 28일

@gagjidol

엄마가 끓여준 청국장에서 소시지가 나왔다 승승장구
몰래 온 손님 느낌이다

_오후 12:11 · 2012년 7월 25일

@gagjidol

자다 깨서 화장실 가다가 불 꺼 놓고 마루에서 스트레
칭을 하고 있는 엄마를 보았다...... 지렸다 화장실 갈 필
요가 없어졌다 야호

_오전 1:39 · 2012년 8월 21일

@gagjidol

엄마가 갈치조림을 해 줬다 갈치를 먹으려고 할 때마
다 "무가 맛있는 거야 무를 먹어 무가 맛있는 거라니
까" 하시는데 무조림을 해 주지 그랬어!!!!!!!!!!!!!!!!!!!!!!
내가 갈치한테도 이렇게 희망고문을 당해야 하
나!!!!!!!!!!!!!!!

_오후 1:19 · 2012년 8월 21일

@gagjidol ─────────────

외할아버지 가족들 몰래 혼자 구석에서 틀니 끼고 계시는데 외할머니 그거 보시고 "영감 또 혼자 뭐 잡 쉬!!!!!!" 했다 천생연분이다

_오후 2:56 · 2012년 9월 30일

@gagjidol ─────────────

배가 아프다고 했을 뿐인데 엄마가 회충약을 사다 줬 다 엄마 메리크리스마스

_오후 11:17 · 2012년 12월 24일

@gagjidol ─────────────

이어폰으로 노래 듣다가 나도 모르게 후렴 부분에서 크게 따라 불렀다 나 지금 버스다

_오후 1:21 · 2013년 1월 1일

@gagjidol ───────────────

엄마가 입춘이라고 청국장 끓여 줬다 그럴듯하다

_오후 5:29 · 2013년 2월 4일

@gagjidol ───────────────

엄마가 화요일이라고 청국장 끓여 줬다

_오후 1:53 · 2013년 2월 5일

@gagjidol ───────────────

날씨가 너무 좋다 날씨랑 싸우고 싶다

_오후 3:46 · 2013년 2월 28일

@gagjidol ───────────────

오늘은 다이어트 시작한 지 5일째 되는 날이자 다이어트 실패한 지 5일째 되는 날. 짝짝짝!

_오후 7:41 · 2013년 3월 19일

@gagjidol

2020년 3월 15일은 내가 다이어트 실패한 지 7년째 되는 날이다.

_오전 1:09 · 2013년 3월 21일

@gagjidol

엄마 휴대폰 울리니까 설거지하다 말고 아오 고무장갑 꼈다 벗었다 짜증나 죽겠는데
누가 자꾸
전화하는 거야!!!!!!!!!!!!!!!!하더니 전화 열고 네에~ 여뽕쎄용~

_오후 12:43 · 2013년 4월 19일

@gagjidol

엄마가 위내시경 받으러 가야 되는데 또 못갔네 푸념하시길래 "왜 바빴어요?" 했더니 "아니 밥을 못 굶겠어" 하신다

_오후 1:55 · 2013년 12월 12일

엄마가 일주일째 콩밥만 하고 있다 난 콩이 싫다 콩밥 보다는 현미밥이 나을 것 같아서 "엄마 현미가 몸에 좋대" 했더니 오늘 현미콩밥이 나왔다

_오후 8:18 · 2013년 12월 27일

엄마가 이거 반찬 새로 했어 좀 먹어 봐 해서 먹었는데 타이밍 안 맞아서 엄마가 못보고 또 엄마가 좀 먹어 보라니까 해서 또 한웅큼 먹었는데 또 타이밍 안 맞아서 못보더니 엄마가 넌 힘들여서 맛있는 음식을 해 줄 필요가 없어!!!!!! 하면서 갔다 아이고 분하다

_오후 1:28 · 2014년 3월 4일

로봇청소기를 처음 써 보았는데 애가 바닥에 걸리적거리는 게 있으면 움직이지 못하고 제자리만 뱅뱅 돌아서 같이 다니면서 걸리적거리는 거 다 치워줬더니 결국 내가 청소 다 했다

_오후 3:55 · 2015년 2월 7일

노래한곡 불러드릴게요

러빙유 ~
　　　랄랄랄랄라 ~
두부두부두부 ~
꺄 ||||!!!!!||||!!!!()
　　||||!!!!\\||||!!!!!

(창문 바장창)

멋쟁이 희극인

희극인 박지선의 웃음에 대한 단상들

ⓒ 박지선

초판 1쇄 발행	2021년 11월 1일
초판 4쇄 발행	2021년 11월 24일

지은이	박지선
펴낸이	지영주
편집	이아름
디자인	송윤형
마케팅	노해담 김진희 한주희 정지혜 조영흠 김민지 최청지 이이현
경영지원	백종임 김은선

펴낸곳	(주)자이언트북스
출판등록	2019년 5월 10일 제2019-000085호
주소	경기도 고양시 덕양구 덕은1로 5 2층
전화	070-7770-8838
팩스	02-3158-5321
홈페이지	www.giantbooks.co.kr
전자우편	books@giantbooks.co.kr
인스타그램	www.instagram.com/blossombooks_official

ISBN	979-11-91824-05-6 03810